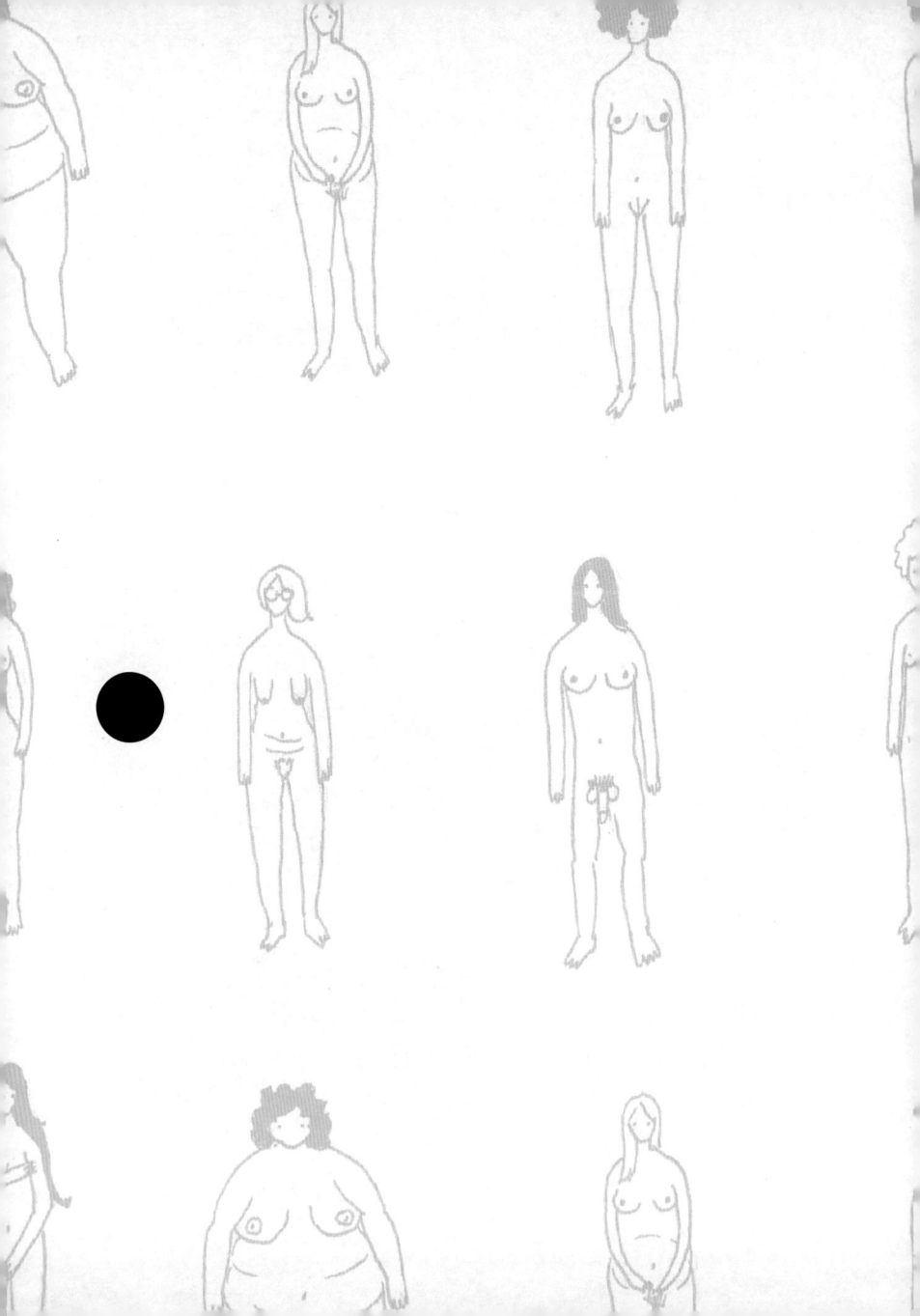

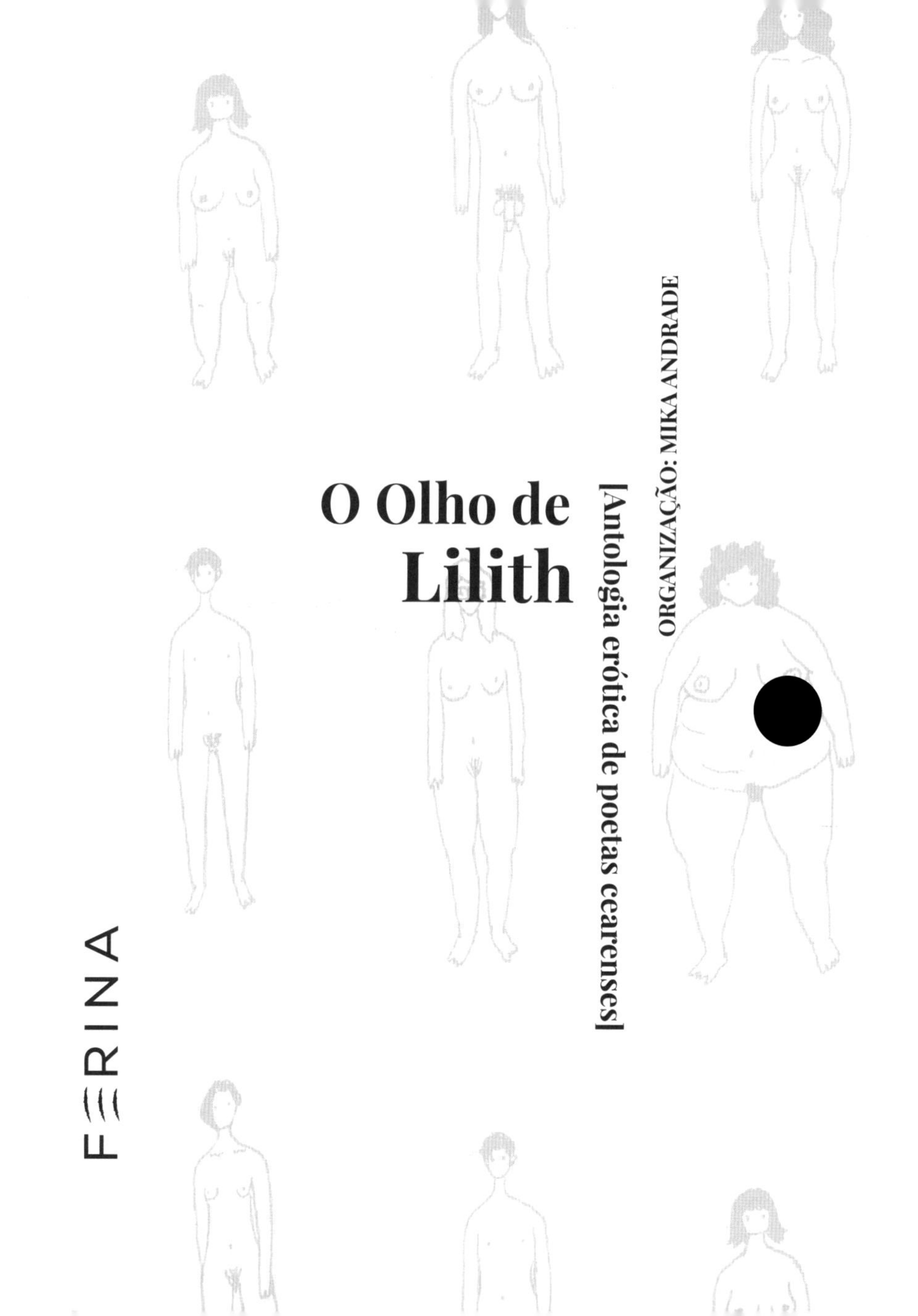

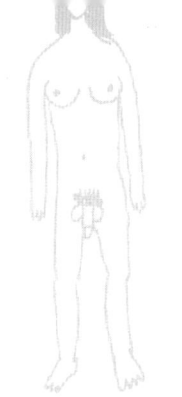
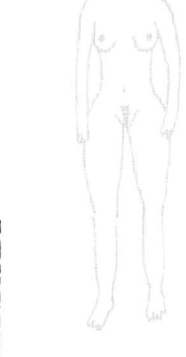

O Olho de
Lilith

[Antologia erótica de poetas cearenses]

ORGANIZAÇÃO: MIKA ANDRADE

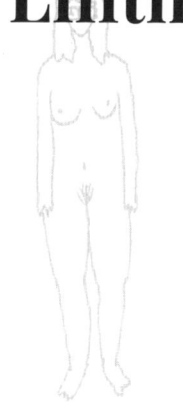
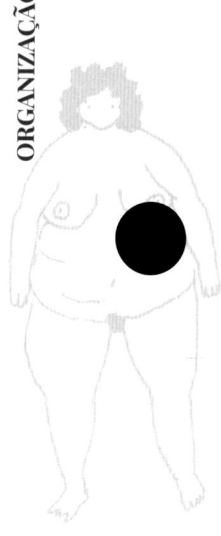

FERINA

Copyright © 2019 Mika Andrade

Todos os direitos reservados para Ferina, um selo editorial da Pólen Livros, e protegidos pela Lei nº 9.610, de 19.2.1998. É proibida a reprodução total ou parcial sem a expressa anuência da editora.

Este livro foi revisado segundo o Novo Acordo Ortográfico da Língua Portuguesa de 1990, que entrou em vigor no Brasil em 2009.

Direção editorial
Lizandra Magon de Almeida

Curadoria do selo Ferina
Jarid Arraes

Coordenadora editorial
Luana Balthazar

Revisão
**Lindsay Viola,
Luana Balthazar
e Renata Arruda**

Capa, projeto gráfico e diagramação
**dorotéia design /
Adriana Campos**

Ilustrações
Valentina Fraiz

Dados Internacionais de Catalogação na Publicação (CIP)
Angélica Ilacqua CRB-8/7057

O olho de Lilith : antologia erótica de poetas cearenses / organizado por Mika Andrade. --
São Paulo : Pólen, 2019.
128 p. : il.

ISBN 978-85-98349-76-3

1. Poesia erótica brasileira 2. Antologias I. Andrade, Mika

19-0875   CDD B869.1008

Índices para catálogo sistemático:
1. Antologias

F≡RINA

www.ferina.com.br | www.facebook.com/seloferina
contato@ferina.com.br | (11) 3675-6077
Um selo editorial da Pólen Livros

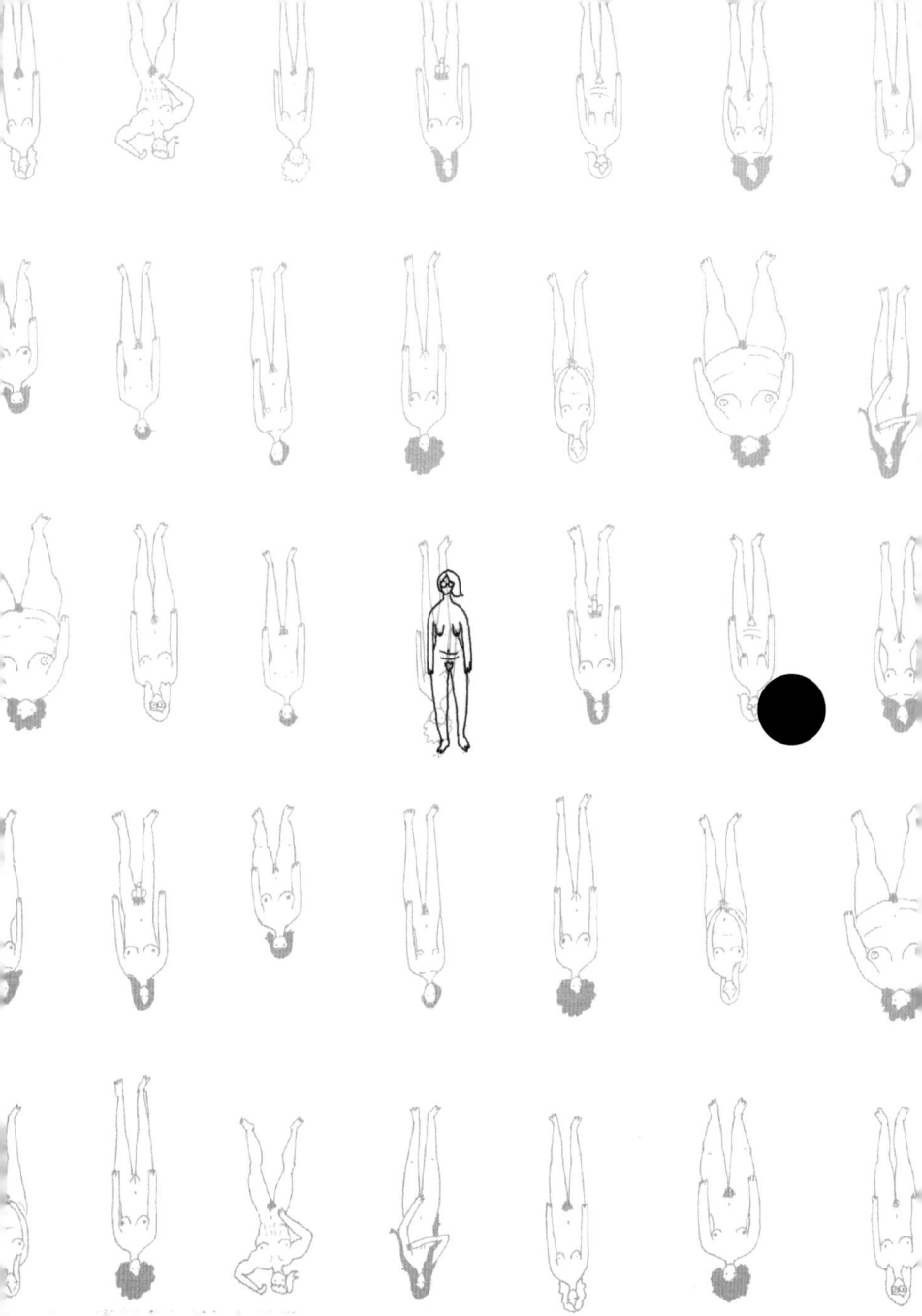

APRESENTAÇÃO

Eu escrevo esta apresentação como quem tenta matar vários fantasmas e digo a vocês, leitoras e leitores: não é fácil. Não é fácil, porque a cada onze minutos uma mulher é estuprada e, quando a vítima faz a denúncia, a culpa do crime se volta contra ela. Não é fácil, porque ainda temos de sinalizar o que significa assédio. Não é fácil, porque o direito de autonomia ao nosso próprio corpo nos é negado e pelo poder que querem exercer sobre ele nos matam todos os dias.

Então eu escrevo esta apresentação com o corpo exposto à carne em efervescência. Este livro não é só mais um livro; ele ultrapassa esse conceito de objeto. Ele se torna um manifesto poético sobre nossos corpos e, "enquanto conquisto cada espaço de carne miúda em mim", amplio meus sonhos para que cada vez caiba mais mulheres dentro.

O projeto Escritoras Cearenses surgiu de uma inquietação que senti após refletir sobre as poucas escritoras cearenses que eu havia lido. Com essa inquietação, veio a vontade de criar um espaço em que eu pudesse reunir textos das autoras do Ceará. Pensei em um blog, mas a ideia não foi pra frente. Então surgiu esta antologia, e decidi que seria erótica — tanto por esse ser o gênero de poesia que eu estava escrevendo na época como também por ter descoberto que ainda não havia nenhuma coletânea de poemas eróticos escrita por mulheres cearenses.

Prestes a completar um ano de publicação virtual, a antologia ganha uma casa graças à escritora e cordelista também cearense Jarid Arraes, curadora do Selo Ferina. Um encontro bonito, neste selo criado para dar voz às mulheres e ampliar a representatividade temática e autoral da literatura brasileira.

Porque é quase uma mania achar que autoras e autores do Nordeste falam apenas sobre o sertão. Então esta antologia existe para mostrar que podemos ir além. Neste livro, leitoras e leitores encontrarão poemas que exploram o corpo feminino, o desejo, a sensualidade, o consentimento, a autonomia sexual da mulher e o empoderamento do prazer. Como escreveu a poeta Jesuana Sampaio em Profanidades: "Serei sua/Sem deixar de ser minha".

24 de março de 2019
Mika Andrade
Escritora, poeta e criadora da Escritoras CE

"disse-me um
dia p'a gente se
lamber os cus"

AS QUERÊNCIAS DE LILITH

Mika Andrade

I
sem preocupações sob os
olhares vigilantes de deus,
adão e lilith fornicavam
sobre as gramíneas do
belíssimo jardim,
até que num momento
breve de êxtase, a varoa
com o corpo
em tremeliques
vira-se
e fica na posição de quadrúpede.
tal é o espanto de adão
diante do olho cego de lilith,
que cai de cara no chão e
de vara já amolecida
às bicas grita:
— pelo nome do altíssimo
o que queres com isso?!
o senhor escuta a barulhada

e com sua voz grave e espantada
tenta questionar o que se passa.
mas em sua grande ânsia e desejo
lilith interrompe o questionamento
ou devaneio
e jorra seu líquido desaforado
na cara de deus que, sem jeito,
retorna ao firmamento.

II
adão, me toma pelo cu!
faz com que eu sinta
o líquido da vida
escorrer pelo vértice

me cavalga com virilidade
e volúpia!

faz com que o gozo
invada meu ventre
e viole o vazio

adão vigia a vagina
que a vagina é vida:
vulgarizada
desvalorizada
vilanizada

venera esse vão,
vulcão vadio e viciante

III

lambuza-te co' meu sumo
sorva todo o líquido
meu gozo é seiva
de um fruto permitido.

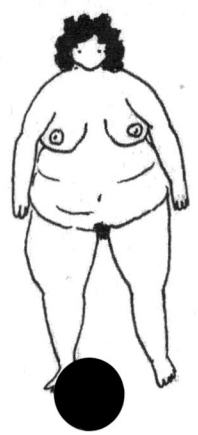

HETEROFAGIA
Suellen Lima

Ébano era o teu membro
noturno,
desbravando meus espaços
profundos.
Amanhecendo o brilho
do suor,
inundando vazios
desnudos.

Sara Síntique
AFAGO

minha carne é profana: perdoai.
não: minha carne é profana.
perdoai: já não importa.
não importa: sinto o afago.
e um sopro: arrastando tudo
por dentro.

● DEVOCIONÁRIO
Jesuana Sampaio

Devoto.
Teu falo ao me ver
me cumprimenta.
Reza.
Eleva-se,
Incendeia
Deseja que eu te queira
Te quero!
Mordisca os meus lábios
Tu sabes quais.
Prova meu gosto,
Sente meu cheiro de mulher,
Aroma paradisíaco de uma deusa feiticeira.
Celebra nosso encaixe
Laço, lascívia.
Devoto.
Devota.
Deusa eu sou.
Deus tu és.

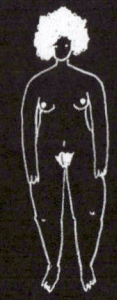

Nádia Camuça
VULVA TERMOSTÁTICA

Sinto nos meus dedos o prazer de estar comigo
Essa não é uma cena triste
Isso não é solidão
vou percorrendo meus pelos
acariciando meus lábios
ternura
vulva termostática
Sua função é proporcionar um aquecimento
mais rápido
e depois manter a temperatura dentro de uma
faixa ideal,
controlando o fluxo de líquido
é uma válvula

mas não é pro seu escape
enquanto você pensa que sabe o que fazer
eu penso como realmente é
Ao atingir a temperatura especificada, a
válvula abre-se por causa da ação da cera
expansiva (aumenta seu volume em função da
temperatura), permitindo que o líquido passe
quando eu enxerguei minha luz, amaldiçoei a
todos por essa escuridão
do sexocorpo aprisionado da mulher tenaz
aquela que resiste à pressão sem partir-se
liquefaz
que faz desse momento seu domínio sobre si
tu és mulher
livre pra se amar
tenho tesão em mim

Essa não é uma cena triste
Isso não é solidão
adentro
afundo deslizo e
me ponho pra fora
liberto-me
conhecendo-me e me amando
refazendo-me e gozando
pelos pés o sentimento elétrico químico
eu cansei de falar de você
eu não sinto mais esse prazer
meus pecados agora sou eu em quantas
partes me divido
e eles pertencem a mim
a mim

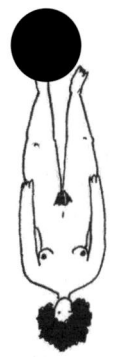

SINESTESIA
Bianca Ribeiro

O enrijecer dos meus mamilos ao toque
dos teus lábios quentes
Enquanto viajo à meia-luz ambiente
Suas mãos percorrem meu corpo
Que está desperto, atento, faminto
Prestes a te devorar...
Nosso cheiro invade o quarto
Como você, vertiginosamente,
invadiu meu "espaço"
Úmido, lascivo, excitado!
No instinto animal de quem devora
já no primeiro olhar
Canibalismo
A selvageria do desejo urgente
No ritmo ditado pelos meus quadris dançarinos

Comer você!
Me deixar saborear
Canibalismo!
Seus pelos grudados no meu corpo suado
Entre seus sussurros – meus gemidos!
O riso e a perda dos sentidos quando, exaustos,
Dormimos de conchinha
Mas só depois de mais jatos de orgasmos!

SEMEADURA
Suellen Lima

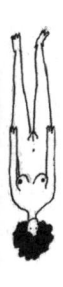
Para falar do teu corp'árvore,
colher fruto maduro
na seiva escorrente do teu talo,
percorro as veias seguras em meu tato.
Quando enlouqueces
ainda não paro;
a boca-lenhador estremece
à guisa do teu cansaço.

OTRO RECUERDO SIN VERGUENZA

Nina Rizzi

meio litro de açaí e mamão da terra
castanhas, tapiocas, brigadeiros

ou goiabas, ou pimentas:
entrada pros nossos escassos encontros idos.

eu, sua buceta, seu cuzinho
éramos prato principal e sobremesa.

lambíamos os beiços.
lembra?

A DANÇA
Argentina Castro

Eu não dancei a dança, a tua
Era minha também, bem sei
Era uma dança nossa, só nossa, prometida,
desejada, inventada.
Eu não dancei, me acovardei
Era para ser no canto oposto da porta onde
Tua suposta ninfa, angelicalmente, dormia
Mas de anjos o mundo já padeceu, não há
mais nenhum.
O inferno, já encheu.
Eu sinto o cheiro do demônio que abriga cada
um de nós.
nós três.

Dela, só queria a paciência
pra lidar com esse bicho
Perverso e pervertido que há em ti, mas
que também é morador de mim.
Cá estou, sozinha, mas dançando todas
as danças contigo
Minha saia vermelha de pombagira
abriu-se em flor
E tu abocanhou, por segundo, é verdade,
mas tu abocanhou minha vagina como
um bico de um beija-flor.
A rua foi testemunha,
você me invadindo as entranhas
A quase madrugada me viu levantar o vestido
O vento notívago te viu, ali agachado,
se lambuzando
Com meu líquido.
Ah, essa tua língua vadia
Percorrendo meu corpo inteiro
sem nem saber
Não, não dancei o que seria
um balé contemporâneo

E que, agora, me soa mais como um bom tango
Agora me autocastigo
Te envio leves gemidos e essa vontade monstra
De lançar-me no chão de tua casa, entre
bêbados e poetas
E, sobre eles, nosso corpo profano, ia fazer
a mais bela e brutal sodomia
por ti eu incorporaria a pior vadia
quero correr os riscos do ranger de portas
mesmo que, a qualquer instante,
elas pudessem ser abertas
por tua ninfa branca.
Não, ela não entraria na dança,
mas só por vingança,
íamos terminar o gozo, deixar nossas marcas
estampadas nas paredes da sala
no canto gélido da geladeira que, branca e
solitária, se derreteria de prazer ao nos ver
comer as carnes, e depois lamber os beiços,
como só os bichos selvagens são capazes
de comer uns aos outros.

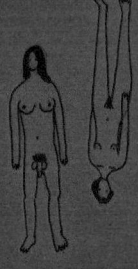

PALAVRA E CORPO

Mika Andrade

se tu soubesses
que meu corpo estremece
apenas em supor teu toque
tuas mãos passeariam
com mais firmeza
mostrando destreza
em suportar meus tremores
tu saberias diminuir meus temores
e me deixarias livre de tuas algemas
que são almas gêmeas entrelaçadas
em uma só palavra e um só corpo.

ALUCINAÇÃO
Bianca Ribeiro

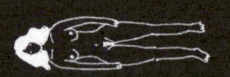

Me fareja como um cão de caça
Prestes a me atacar!
Me olha como a uma presa
Indefesa
Me abraça
Me envolve em teu peito peludo
Cheio de libido
Toque consentido
Lábios carnudos
Mão nervosa
Língua exploratória
Suor
Tua barba que roça
E me arrepia a nuca
Cama, lençóis, nós!
No escuro do quarto
Me tira a roupa
Me põe de quatro
Ah!
Me deixa louca!
Urra como um lobo
Delícia!
Dois animais
No cio.

PLURAL

Sara Síntique

disse-me um dia
p'a gente se lamber
os cus
cus, eu ri, cus
sorrimos
neles: meles ou méis?
brincamos co'a língua
e toda a tristeza pertinente
aos domingos fim de tarde
se esvai

anilíngus

PROFANIDADES
Jesuana Sampaio

Queria fuder toda vez que o mundo me fudesse.
Sentir o gozo profano de quem ri de prazer.
Treme
O corpo inteiro.
Elétrico.
Goza.
Delira.
Sua
Serei sua
Sem deixar de ser minha
Me toco.
Me toca
Padecemos!
O que ressuscita sempre é chama,
Clama
Por minha boca em teu falo
Me calo
Calar é sim, já!
Eu gosto do gozo de te chupar
Treme
Elétrico
Ri
E é o fim
O gozo profano de quem ri de prazer.

O LÍQUIDO
Argentina Castro

Vagarosamente vou engolindo
o que vem de você
aquilo que você me dá com gosto
gota a gota, na moita, na surdina
Entre serpentinas
vamos fazendo o Carnaval da gente
festa das carnes, a preferida do diabo
carnes molhadas, pele mordida
Quase sangradas
Faço de você trio elétrico, sigo teu percurso
Com sede, suor e sem limites

Vamos dançando, gingando
A fome, o desejo, velado
Safadezas, cama de gato
assim viramos cinzas, numa quarta qualquer
Na tua cama, deitados, em pé
Eu sou tua
Tua deusa
Tua vadia
Você é meu
Meu homem
Bandido
E ordinário
E a gente junto não vale a capa de uma manchete policial.
Eu bem que podia não te dar moral
E tu, bem que podia não ter esse pau.

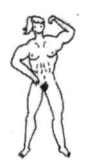

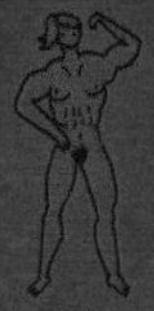

DELÍRIOS
Jesuana Sampaio

Sonhei com você.
Minha língua, em seu mamilo,
Seu corpo delineado milimetricamente
Pelo meu olhar.
Seu nome era prazer
E eu me vestia de loucura,
E, de repente, estava nua,
Em cima de você.
Teu corpo, verdadeiro absurdo
Que minha boca percorre,
Tatua, se lambuza.
Perdição anunciada
Encontrada em teus gostos
Gozos, frêmitos gemidos.
Em ti cavalgo rumo ao clímax
Delírios benditos, safados atos,
Desejos profanos.
Em ti eu caibo,
Erguida me lanço em teu farol
Contigo sei o que é gozar.
Tu goza e ri.
Eu gozo e morro.
Seu mamilo, minha língua.
Que saudade de você.

ROTINA
Bianca Ribeiro

Depois do café, acendo um cigarro
Vejo no espelho o tempo acelerado.
Visto a calcinha que você gosta
Já adivinhando, do teu corpo, resposta.

Meu perfume, marca registrada
Atiça teus sentidos e desejos
Ouriça a pele, arrepia os pelos
Olhos fechados, alma acostumada.

Sua cama incendeia
Enquanto trocamos fluidos, energia
E depois do gozo, agonia!
Acendo um cigarro, já é dia
Mais uma vez, despedida

Me visto, vou embora.

AÇÚCARES
Ayla Andrade

Tua boca é uma afronta
Quando não me come.
Eu que sou em parte grandes áreas úmidas
Digo:
Tua boca é uma afronta
Quando não me come.
Essa rédea curta no galope do teu corpo,
touro desenfreado
Aviso:
Não montei em ti para pouca distância
E o que em mim cala cavalga a noite inteira
Mulher limítrofe entre gozo e partida.
E enquanto conquisto cada espaço
de carne miúda em mim
Penso:
Tua boca é uma afronta
Quando não me come.

"abre as pernas e toca:
xota molhada: xoxota"

MAR DE GOZO
Jesuana Sampaio

Se você é Moisés
Só quero que
Abra meu mar...
...de gozo.
Abra-me inteira.
Mas não passe, fique.
Dentro.

ÀS VEZES FIM DE TARDE, ÀS VEZES DOMINGO

Ayla Andrade

Eu conheci outro dia uma das piranhas dele.
tava lá na esquina comprando o pão da tarde.
acredita?
Tava lá.
Mas o que eu tô dizendo?
Eu também sou piranha dele.
Não, melhor, eu sou piranha.
Dele eu não sou, não.
Ela é.
É piranha.
E dele.

O problema é que quando ele chega perto
assim, bem perto, fala torto, assim,
bem torto, perto de mim
meus joelhos se separam, não sei como dizer
não é que minhas pernas se abram,
porque no meu corpo eu mando,
não é que elas se abram
eu é que me deixo assim, mole
mas só porque é ele
porque ele tem isso que os outros não têm
e minhas pernas entendem

Às vezes ele me leva no alto do descampado
às vezes fim de tarde, às vezes domingo
me pega por debaixo da saia
assim, como que de repente,
zump, a mão embaixo da saia
eu gosto
é de surpresa
de repente a mão me encontra o meio
me encontra as carnes miúdas,
as partes por dentro,
o que me é úmido e a mim pertence
mas ele quer

no alto do descampado
eu subo nele, monto mesmo
e, dali, me encanto sempre
com o vaivém das árvores arredias

e assim seguem os dias,
felizes,
em desalinho com meu peito.

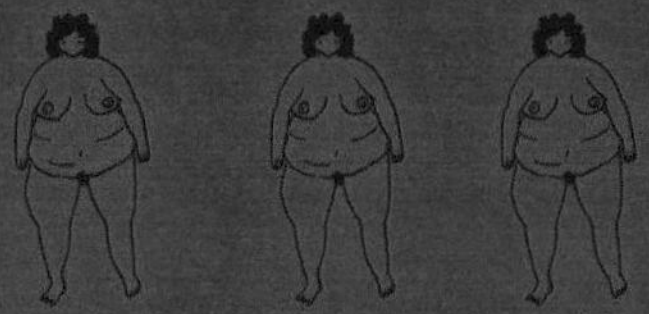

MISTÉRIO
Mika Andrade

edifico-me perante o espelho
meu corpo é uma construção latente
abro-me, de par em par
sinto o frescor do toque
o desejo velado a escorrer
desmanchar-se em suavidade
minha boca se rasga em riso frouxo
após o mistério do anoitecer
eu desmorono

BOCA MALDITA
Argentina Castro

Tá na ponta dos dedos, teu cheiro
Já lambi, um a um, para não esquecer.
Pela língua, sobre látex, navega teu gosto
mas sou eu que me afogo,
adivinhando sabores
ainda resta meu peito esquerdo nu,
descansando sobre o tecido negro, à espera
da tua boca maldita
quero colar minhas mãos nos teus cabelos
tatuar tua barba rala, nas minhas costas
cravar teus dentes, onde você quiser.
Mora, desde a madrugada, dentro
da minha boceta, inundações.
Mas restam-me silêncios.

Provocações
Amanheci malcomida
Abri as pernas
Toquei
Quase morri
Mas ainda resta, aqui, no meio
de minhas entranhas,
águas que escorrem como quedas
de cachoeiras.
Vem, faz da tua boca um copo, me toma
de um gole só, enche, me engole

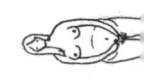

Eu farei de ti, do teu sumo, o nosso
prazer mais profundo
Vestirei safadezas como tu gostas
e eu também
dançarei pombagira,
tomarei, no gargalo, todo o teu suor e muito
mais, só assim te deixarei em paz
Transformarei caranguejo em felino
Arranharei, com garras vermelhas,
as almas de tuas encarnações
Se você deixar, ah! se você deixar,
vais ver o que é
ser mulher, de rio e de mar.

CONVITE
Jesuana Sampaio

Venha como vier.
Eu te quero aqui, comigo, em mim.
Em meu cansaço
Ritmado com o teu.
Venha, te quero agora,
teus dreads emaranhados em meus cabelos,
todos os teus pelos, todos os meus
Embriagados no nosso cheiro.
Venha, eu te desejo
Nem mais, nem menos
À medida do hoje,
Pertencente a este minuto vão.
Venha, sim, se achegue,
Rasgue toda volúpia, rasgo a roupa toda tua,
Deslize em minhas curvas,
Se assanhe nos meus beijos
Até eu me saciar de ti.
Venha como vier,
Mas venha, já!

COMO ERA DOCE A NOSSA VIDA OU NU PASSADO

Ayla Andrade

Acabou a humilhação por
meia dúzia de beijos.
Não dou mais nem um abraço.
Beijos que eram fartos, como eram
fartos os meus seios.
Farta a nossa luxúria, irrompia noite
adentro e cismava.

DAS COISAS QUE FAZEMOS JUNTOS
Nina Rizzi

seu aniversário, por exemplo
e a comemoração da independência
da guiné-bissau.
ele aparecia e seus olhos se perdiam nas
estantes de livros e em tudo que nada dizia.
me desequilibrava
é porque você só come. dorme e come e dorme.
fica aí engordando.
então me agarrava pelos peitos e me virava,
arriava a calça e a calcinha tão minúscula
você me deixa louco com essa bunda enorme.
mais nada dizia. só se me enfiava o pau enorme
de curta performance

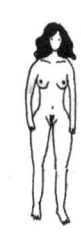

gozava e corria a se lavar.
chorava, divagava
você é poeta. chorar à toa é coisa de poeta
vê como precisa de mim. goza tanto comigo.
faço uma cara de desconcerto
nunca consigo dizer palavra a esse homem,
assim os dentes rangendo.
goza sim, tá escorrendo pelas suas pernas.
abafa um meu riso-gemido enfiando
o pau na minha goela
me dá um filho. eu quero um filho.
corre pra se lavar com nojo da minha boca
assim tão aberta.

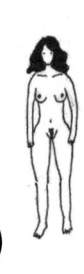

lembro quando nos vimos pela primeira vez
você é hétero?
depende do que vier
ahn?
nuvens, árvores...
e prometia todo suor
de séculos de escravidão
pensava num derramado equívoco
de quem nunca trepou
das mentiras que me conto pra me mutilar
sexo é bom até quando é ruim.

das coisas que fazemos juntos

duas datas em setembro. não somos
rosas, nada mais.

ERÓTICA
Sara Síntique

erótica é a forma
como o vento assanha
teus cabelos
na praia

PRIMEIRA VEZ
Bianca Ribeiro

O toque quente das suas mãos
trêmulas sobre meu seio
Enquanto pousava seus lábios nos meus
Aquele beijo lascivo, intenso, molhado
Como um gato a querer banhar-me de língua
Ele, literalmente, salivando à medida
que eu o olhava,
Nervoso, abre minha blusa.
Meu decote com lacinho, proposital,
pra lhe provocar
Deu certo, mas nem precisava de tanto.
A cumplicidade dos faróis apagados
Despertando a desconfiança
entre os passantes

Ignorávamos a malícia do lado de fora
Enquanto ardíamos, libidinosamente,
do lado de dentro, do carro.
Minha mão na sua coxa o fez delirar
Antes, ainda, que eu alcançasse o zíper.
Mesmo sob a urgência do desejo
Ou o anseio
O fez parar e me esperar acontecer.
O espetáculo dos movimentos iniciados por ele
Ficou, agora, por minha conta
Em atos desavergonhados e livres!
Orquestrados por seus sussurros
Mais enlouquecidos que meus
próprios gemidos

O silêncio da rua quase deserta
Dava o tom de freios à nossa empolgação
Com a temperatura esquentando ainda mais
Ele sentiu meu poder, meu prazer
Se entregou, me entreguei
E apesar de orgasticamente inesquecível
Eu sabia que jamais
Nos teríamos outra vez!

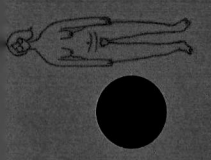

AI, GLORINHA!
Suellen Lima

Era mansa
olhar cansado
jeito de felina.
Veio devagarinho
beijou ele
se esquivou
virou de costas
se perdeu
em dor.

LENÇOS UMEDECIDOS
Anna K. Lima

nesse meu corpinho aqui não entra nada
imundo, eu explicava à izobel alencar acerca
dessa mania compulsiva de carregar meus bons
lenços umedecidos na bolsa. sabe-se lá, né,
de repente você está apenas na loja de xerox e
cruza o olhar com uma pessoa sensualmente
incrível. vai fazer como?! assim, na rua, nas
esquinas, nas calçadas... assim, sem banho?!
eu, hein! lenços umedecidos!
fechei a boca e a moça toda de preto veio até
a nossa mesa e disse: pode me arranjar dois
desses seus lenços umedecidos?! é que no
banheiro não tem papel higiênico. mas é claro,
eu disse, e já ia retirando a embalagem amarelo-
-clara quando ela segura minha mão e diz:
pode vir me entregar em cinco minutos?! eu
fui. entreguei-lhe os lenços, fui até o balcão,
pedi uma água mineral sem gás e a conduzi
pela mão até a calçada. ela me fez cheirar suas
mãos: não tem cheiro de bebê! claro que não!
e tasquei-lhe um beijo inesquecível,
encostadas nas mangueiras insolentes
do benfica para tudo ficar bem.

HOUVE UM DIA
Nádia Camuça

Houve um dia
em que percebi que tu
gemia ao despertar,
com todo aquele clichê
de filme estadunidense
tu preparava o café da manhã
arrumava a mesa para nosso almoço
cozinhava frutos do mar
e eu me emaranhava
no cheiro das lagostas, camarões
e peixes que nunca provei
dormia de lado e minha perna direita se
encaixava entre as suas e nos separávamos
no mundo dos sonhos

fotografava com meus olhos seu sexo ereto
coberto pelo lençol azul-claro
seus pelos dourados
queria guardar esse momento
em que eu ainda não havia mostrado
todo o lado obscuro da lua
quando eu não chorava na
sua frente de temor
"Você me tomará como sou?"
Cantava a mulher de longos cabelos loiros
No disco também chamado de Blue
E seus olhos profundamente Blue

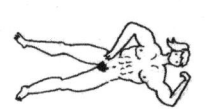

Cantavam pra mim
"Doce você tem o gosto tão doce"
percebi o azul nos poemas depois
de te conhecer
com furor e delicadeza

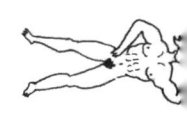

Nádia Camuça
TARDES

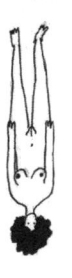

toquei de novo dentro da carne
pra sentir
teu gozo
o gosto
estava ainda
perpassando pelos meus pelos
poros
seios
pus os dedos na língua
pra ter o gosto de tudo que evoque
todas as memórias do teu toque

GOZO
Sara Síntique

o rosto entre minhas mãos
desaparece
e já não é rosto:
sopro ventania miragem
vez por outra só
a boca surge liquefeita
repetindo de súbito
a palavra e me devora e
se repete até que se torna
suspiro saliva seiva
até que goteja algo
cachoeira sede crescente

diante dos olhos desaparece:
explode em pequenas estrelas
e é pó poeira e depois
ósculo epiderme vulva
palavra eriçada suada
suspeita desaparece:
como fosse sigilo
a ecoar no deserto
cor areia pagã movimento
minúsculo a fraturar o tempo
toca o meu peito rasura

unha afiada no dorso
pintura sal embrião
de súbito compreendo
a origem do mundo e depois
tudo se espalha lágrima concha
pelos a escapar entre as mãos
punhado riacho sussurro caverna
milésimos milésimos milésimos
orla linha abstração suor
tua face: carne que sinto
interceptada

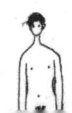

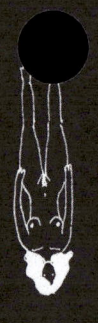

MULHER
Argentina Castro

Dentro da noite fria
Diante do teu sorriso estampado
Mora meu desejo meio acanhado
Eu mulher, e tu,
tantas outras
Tua boca, ali, virgem da minha
Vontade de me emaranhar
Nos teus encaracolados
Meu corpo querendo o teu
E isso que nunca aconteceu...
Eu aqui te querendo
Tu aí se escondendo
Fugindo do balanço do meu corpo com o teu
Vem mulher, amanhecer dentro de outra
Fundir tua boca com minha boca
Vamos juntas construir um jardim
Encosta teu corpo sedento no meu
Me prova que amor entre iguais
É muito mais que o meu, somado ao teu.

SEM TÍTULO
Nádia Camuça

I
Minha boceta cheira a sexo,
cheira ao aroma de maconha dos seus dedos,
cheira à sua saliva,
cheira a látex,
cheira ao seu pau também,
cheira aos minutos em que
eu não estava certa
do que estava fazendo,
cheira aos meus orgasmos
no meio dessa confusão,
cheira aos dias em que você não se importou,
cheira às suas mentirinhas,
cheira às minhas mentirinhas,
cheira à minha quase culpa pensando
que a pessoa que eu estou
cheira a você falando que agora
vai ser diferente
cheira a eu pensando que talvez
seja tarde demais,
cheira ao meu silêncio,
olhe olhe olhe olhe olhe pra mim,
eu sou todos os peixes que você deixou
apodrecer na geladeira desligada.

II
o gosto de saliva no meu pescoço
nunca foi tão forte,
eu queria me livrar disso,
ainda tinha 40 minutos até chegar em casa.
Eu pensava em você,
mas o gosto era dele.
nós somos as confusões das luzes
quando se apagam.

III

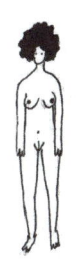

quando você dormiu aqui
e a gente transou pela primeira vez,
faltou água.
tivemos que sair com cheiro de sexo.
mas eu não senti, com você foi diferente,
eu não senti o cheiro da sua saliva
no meu pescoço.
e você pegou na minha mão no caminho
e sorrindo me disse "eu estou
com seu cheiro",
eu te abracei forte.

NUS PERDER
Nádia Camuça

Nós não damos certo
mas
o amor
insiste
existe
no medo dos segundos que passam
(outros virão?)
descubro
a beleza dos
convites inesperados aos banheiros
nus
medo do
efêmero
ficamos –
nós do jeito errado, damos certo.

PONTE METÁLICA
Anna K. Lima

quase toda a orla turística de fortaleza, andamos. sentamos naquele banco de praça, sem ser praça. encostei minha cabeça em seu peito, arfando de tanto caminhar e duvidei: não era você. passava das duas da manhã, apenas os amantes, os ousados, os despretensiosos e os mal-intencionados ainda habitavam aquele espaço. você me puxou pela mão e disse que iria me mostrar um céu diferente. eu fui. debaixo da ponte metálica há um universo paralelo: ondas, catitas, lixo, sal, latas de cervejas vazias e o coração pulsante de medo e desejo. você me lambeu o pescoço inteiro, fiquei paralisada. mordiscou-me as costas todas, alguns profundos gemidos ecoei. tomei as rédeas do desenfreio do desejo e disse: sou minha. levantei-me vestindo minha blusa e constatei: não era você.

EBULIÇÃO
Bianca Ribeiro

A agitação do sangue fervendo sob a pele
Delícia e deleite
Para o teu delírio: cheiros
Meus aromas de fêmea no cio
Anunciando o querer, a necessidade
Minha precisão de contato,
De carne quente, de desejo, de amor!

Teus lábios tocam meus seios, umbigo
Tua língua inquieta encontra meus lábios
E enquanto me lambe, me arrepia,
Nesse universo de nós dois
Não vemos estrelas.
Vemos explosões, cores,
Vivemos sensações, sabores!
O gosto do meu sexo na tua boca
Fascínio!
Te sugo com a urgência da fome
Fome de ti, de um pedaço teu!
O gosto do teu prazer na minha garganta,
Te tenho por inteiro, me sentes agora
Sem resistir, me sento e tu adoras!

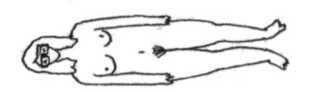

Te sinto penetrar meu íntimo
Que te entrego — agora, teu
Tu, deliciosamente rígido
Mais meu
A mim se dá!
E teus olhos pousam nos meus
E minha boca se abre devagar
Tuas mãos encontram minha cintura,
descem aos quadris até apertarem
minha bunda, com vontade!
E nesse sobe e desce gostoso,
Como num carrossel encantado
Te vejo extasiado, saciado, suado
Enquanto eu...
Eu ainda quero mais!

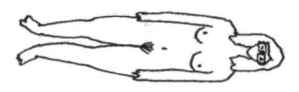

VARIAÇÃO PRA MADRIGAL DESENGRAÇADO
Nina Rizzi

em noites de não poder banhar — lamber
quedava mirar as ondas como sotaque
sotaque é também palavra
carregada de lugares
lugares y sotaques são coisas também
a faixa litorânea do corpo
a bunda branca dos seios
das infindas cicatrizes
o que se pode fazer com essas
frutas de se lambuzar
aos bocados
é bom também assim
pero — em madrigal sem água lembro
o assassinato de mais um josé y sus flores
não era uma quinta-feira um domingo. era?

PRÓLOGO
Vitória Régia

"Te amo como as begônias tarântulas amam seus congêneres, como as serpentes se amam enroscadas lentas algumas muito verdes outras escuras, a cruz na testa lerdas prenhes, dessa agudez que me rodeia, te amo, ainda que isso te fulmine ou que um soco na minha cara me faça menos osso e mais verdade."

Hilda Hilst

I
As flores do leopardo no seio monocromático
Tuas mãos encurralam a ânsia da minha pele
Milagre encharcado
Operado pelas tuas mãos.

II
Ungidos de terra
Cavalgo em frêmito átimo
Corpo ralo
As serpentes lérias
Estourando o sumo
Sorvo-o quando
Tua carne desvela
Artéria — brasa — nada.

III
Eriçados rodeando
Na noite rubra
Feito espiral
No limiar do êxtase
Tua carne trêmula, meu rígido seio
O inflexível plexo do teu corpo enxuto.

IV
Teus dedos promovem em desordem
O sumo que escorre
No labor dos tentáculos ébrios
Lâmpada acesa
Chafurdo na carne
A lentidão do rastejo em montanhas
O tronco desconhecido treme na brisa
Lâminas cintilam nossas bocas em cautela.

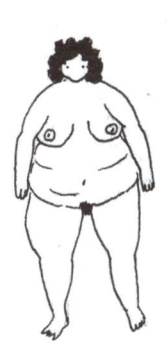

V
Tateio as vibrações
Da cadência da tua voz
A tua familiar potência
Que acompanha a quebra das ondas
Novamente esse sumo espumante
O licor da tua boca.

SABOR TEU
Nádia Camuça

sabor teu
dança na ponta da língua
desce feito suor do
carnaval que não quer acabar
a nossa festa começa depois das três
meu movimento sibilante
brisa ou tornado?
meu coração é marinho
mas não de marinheiro
I go deep
down
down
down
o que você esconde em suas águas?
só dê o primeiro passo
se for para inundações
só chame pelo vento
se quiser furacões
você consegue escutar
a valsa cautelosa
das mãos das ondas
segurando os quadris do ar?

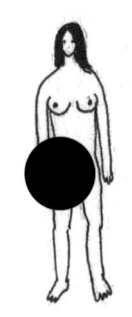

OCEÂNICA
Mika Andrade

periga meu corpo naufragar no teu
extensão oceânica
que me cobre de amor e sal
periga meu corpo naufragar no teu
ancorar no teu peito
e virar estrela-do-mar
periga meu corpo naufragar no teu
ou ir à deriva
antes de naufragar

XOTA
Sara Síntique

abre as pernas e toca:
xota molhada: xoxota
incessante movediça
os dedos banhando os rios
a erudição se rende aos gemidos
liquefeita
rompe o silêncio do mundo.

Anna K. Lima adora tomar banho de chuva e cozinhar para os amigos. Aglutina gente pelo mundo e, vez ou outra, escreve umas coisas bem bonitas no blog *Claviculário*. É publisher da Aliás Editora. Tem muito sono de manhã.

Argentina Castro é mestre em Antropologia pela UFBA, idealizadora da Biblioteca Comunitária Papoco de Ideias, tem trabalhado com educação e cultura com crianças e adolescentes. O incentivo à leitura e à escrita tem sido um dos caminhos possíveis de seus trabalhos e suas experiências pessoais.

Ayla Andrade é graduada em Serviço Social pela Universidade Estadual do Ceará e escritora, tendo lançado em 2013 o livro de contos inéditos *O mais feliz dos silêncios*, pela editora Substânsia, e participa de outras antologias como *O cravo roxo do diabo – O conto fantástico no Ceará* (2011).

Bianca Ribeiro é feminista, aquarelista, sonhadora, cearense e apaixonada por pessoas, artes… pela vida. Cristã, acredita em seres iluminados e também em milagres! Mais que isso, ainda teima em crer na bondade e no amor.

Jesuana Sampaio é poeta, artesã, feminista, alquimista. Formou-se em Pedagogia pela Universidade Federal do Ceará. Em 2014, lançou *Cotidiano Poético*, seu primeiro livro de poesias. Participou da Antologia *Sarau da B1* (FortalezaCE Ago,2016), está na Antologia Internacional *Cartas íntimas*, a lançada em março de 2019. Atualmente está na escrita de seu segundo livro.

Mika Andrade é poeta e escritora. Publicou: *alguns versos pervertidos e outros indecorosos* (2016/2018), *descompasso* (2016) e *poemas obsessivos* (2017). Participou da Antologia de contos *literatura br* (Moinhos, 2016) e da Coletânea de *contos vol. IV* (Sesc, 2017).

Nádia Camuça é artista. E dentro deste universo imenso ela atua, dança, escreve, conversa sobre/com cinema e feminismo e apesar de talvez não ser nada disso de fato, ela aprendeu com Fernando Pessoa, seu primeiro professor na arte da poesia, a ter todos os sonhos do mundo e ser feita deles.

Nina Rizzi é poeta, tradutora, pesquisadora, editora e professora; promove Laboratórios de Escrita Criativa para Mulheres. Autora de *tambores pra n'zinga* (poesia, 2012), *A duração do deserto* (poesia, 2014), *Geografia dos ossos* (poesia, edição portuguesa, 2016), *Quando vieres ver um banzo cor de fogo* (poesia, 2017) e *Sereia no copo d'água* (no prelo). Coedita a revista *Escamandro* - poesia tradução crítica. Download de seus livros e escrituras mais no quandos: http://ninaarizzi.blogspot.com.br/

Sara Síntique é escritora, atriz e educadora. Mestra em Literatura Comparada pela Universidade Federal do Ceará (UFC), onde também se graduou em Letras Português–– Francês. Autora do livro *Corpo nulo* (Poesia, Editora Substânsia, 2015). Escreve poemas quinzenalmente para o blog *Leituras da Bel* (Jornal *O Povo*). Teve textos publicados na *Antologia de poemas eróticos* - mulheres cearenses e nas revistas *Escamandro*, *Literatura BR*, *Diversos Afins*, *Gueto* e *Saúva*.

Suellen Lima é graduada em Letras pela UFC. Participou da revista *Mutirão #3* e atualmente escreve como principal forma de autoconhecimento.

Vitória Régia nasceu em 1991, em Fortaleza. É graduada em Letras e mestra em Linguística pela Universidade Federal do Ceará. É professora de língua portuguesa e escritora. Publicou os livros de poemas *Partida de não dizeres* (Editora Substânsia, 2015) e *Náutico* (Editora Patuá, 2018).

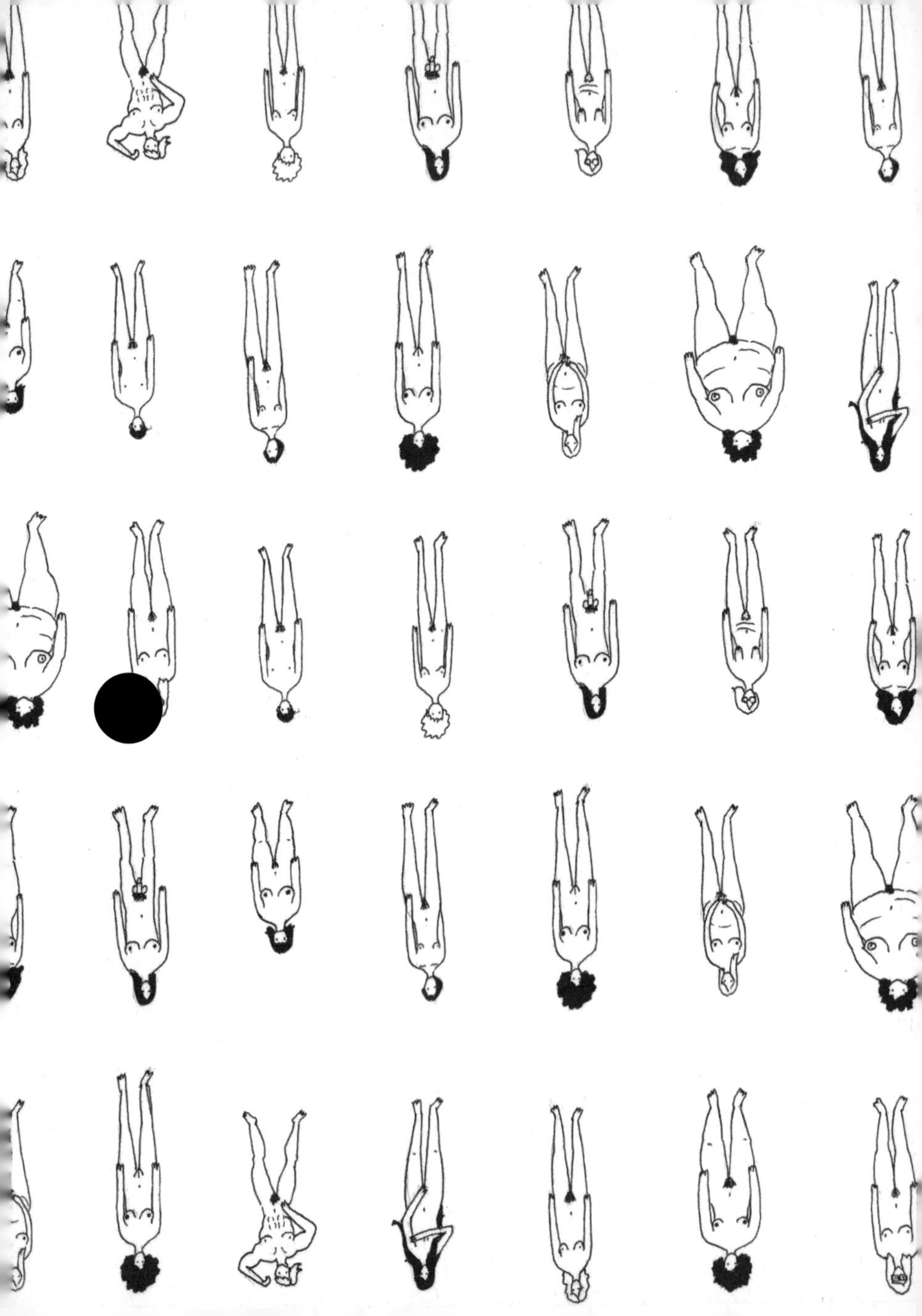

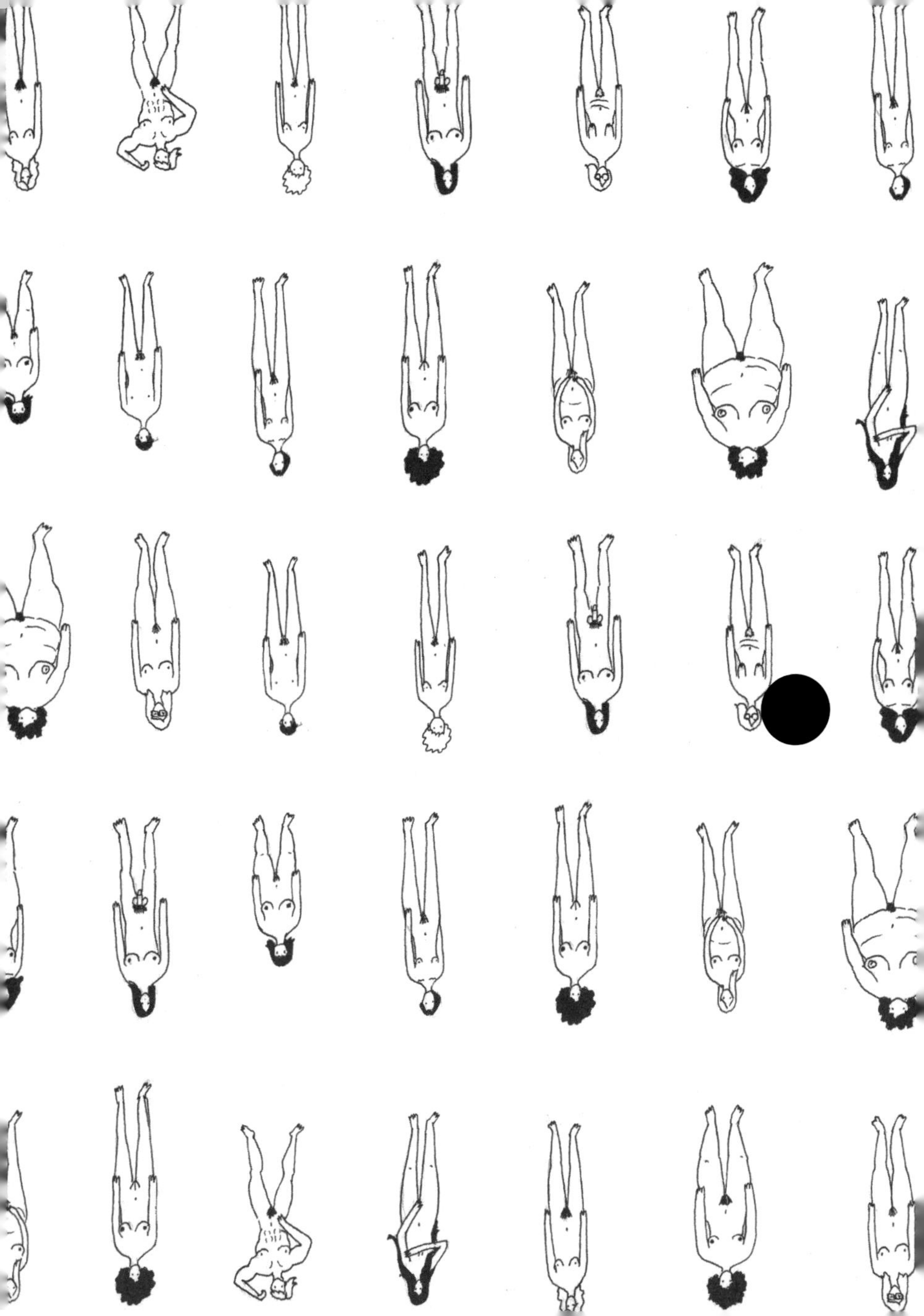

Impresso no outuno de 2019.
Gráfica Rettec.
Papel duo design 250g [capa]
e offset 120 g [miolo].
Fonte tipográfica: playfair display
by Claus Eggers.